조금 전의 심장

민음의 시 312

조금 전의 심장

홍일표 시집

민음사

자서(自序)

언어의 바깥에 닿지 못하고, 허공으로 이어진 적막한 길
끝에 잠시 서성이다 돌아가는 저녁 어스름이겠다.

2023년 4월
홍일표

차 례

2부

3부

4부

1부

서쪽

빛을 탕진한 저녁노을은 누구의 혀인지
불붙어 타오르다 어둠과 연대한 마음들이 몰려가는 곳은
어느 계절의 무덤인지

돌의 살점을 떼어 낸 자리에 묻혀 숨 쉬지 않는 문자들
하늘은 돌아서서
흐르는 강물에 몸 담그고 돌멩이 같은 발을 씻는다
밤새 걸어온 새벽의 어두운 발목이 맑아질 때까지

딛고 오르던 모국어를 버리고
맨발로 걸어와 불을 밝히는 장미
몇 번의 생을 거듭하며
붉은 글자들이 줄줄이 색을 지우고 공중의 구름을 중
얼거리며 흩어진다

마음 밖으로 튀어나온 질문이 쓸쓸해지는 해 질 녘
걸음이 빨라진 가을이 서둘러 입을 닫는다

뼈도 살도 없이

오래된 이름을 내려놓고 날아가는 구름
비누 거품 같은 바람의 살갗이라고 한다

허공을 가늘게 꼬아 휘파람 부는 찌르레기

입술이 보이지 않아 아득하다는 말이 조금 더 또렷해
졌다

설국

안팎이 같은 눈사람의 언어를 물고 가는
흰 새가 있어

머물지 못하고 떠도는 바람의 깃털이라고 했니?

눈사람의 말을 몰래 가져가는 너는
빛 속에서 지워지는 밀어라고 했지

잠시 빛을 잡고 반짝이던 사람들
눈사람을 추억하는 그들은 알지

눈사람처럼 걷지도 뛰지도 못하는
불구의 언어를
어디에도 가닿지 못하고
흩날리다 녹아 사라지는 처음부터 없던 문자를

검은 강

오래전에 죽은 사내가 떠내려가고 있다
어느 검은 지층에서 흘러나온 표정인지
마지막으로 본 희미한 빛을 물어뜯고 죽은
시커멓게 타 버린 노래들
검은 강물 위로 흘러간다
그의 목소리는 들리지 않고
말이 되지 못한 돌멩이들만 바닥에 박혀 있다

언젠가부터 강가에는 목이 없는 새들이 숨어 산다

조각조각 깨져 강물 위에서 희뜩이는 목소리들
흑백영화 같은 풍경 속으로 들어간다
단칸방에서 홀로 숨을 거둔 그는
자기가 죽은 줄도 모르고 흘러간다
술병들이 굴러가고
죽은 태양이 굴러가고
아무도 오지 않는 빈방이 굴러가고
환한 대낮인데
저녁은 아직 멀었는데

카페의 늙은 악사는 이곳에 없는 봄을 연주한다

저무는 해는 팔다리가 없는 고독을 증언하고
강물은 봄의 악보를 받아 적으며 중얼중얼 흘러간다

매일 걷던 길인데
중저음의 재즈처럼 낮고 천천히 흐르는 강물이 왜 검은
빛이었는지
한쪽 눈을 가진 사람들이 왜 어둠뿐인 밤의 짧은 생을
수장시켰는지

증언

그는 밤의 제왕이지요
아름답고 달콤한
너무 달콤해서 밤이 사라지는 줄도 모르는

훗날 발굴될 문장의 놀란 표정들이 보입니다

누가 밤을 읽고 있나요?
페이지마다 앞을 보지 못하는 심장들
툭, 툭 건드려 봐도 입 다문 꽃들은 피어나지 않지요
꽃은 꽃 속으로 사라졌지요
흔적만 남은 폐사지에서 혼자 중얼거리는 돌조각들

밤은 온몸이 까막눈이라 볼 수가 없지요
그게 밤이 몰락하는 이유라고
새벽별 하나가 마지막까지 남아 증언하지요

밤을 뒤집어 봐도
이미 밤의 피부가 된
흰 눈의 감정들

아무도 의심하지 않는 오늘의 기후가 화창합니다
청동의 녹처럼 눈먼 시간이 폐허를 완성하는 중입니다

땅속에 죽은 해를 서둘러 매장합니다
밤의 지층이 두꺼워지고 있는데
아주 오래전 일이라고
머나먼 제국의 일이라고

고개를 내젓고 있는
잠시 반짝이다 제 빛에 실명한 얼굴들

귀 없는 글자들이 검은 수의를 입고 줄줄이 종이 무덤
에 묻힙니다

파편들

유리 조각처럼 깨진 빛들이 흩어져 있다
끝에서 처음으로 돌아가 반짝이는

땅 위에 남겨진 것들이 외눈박이 눈을 뜨고 발언한다
꽃들이 알지 못하는 파멸과 죽음의 언어로 증명한다

컴컴한 동굴에 붉은 물감으로 성좌도를 그리던 손들

하늘에 기록되지 못하고
공중에서 해촉된 날벌레들

서리 내린 새벽길에서 만난다
눈 감지 못하고 희뜩희뜩
별이 떠난 뒤에도
맨 나중의 나중까지 남아
꿈속의 기억을 놓지 못하는

곳곳에 흩어져 혼잣말처럼 지워지는 것들은 안다
오탈자 많은 역사가 모르는

발자국 없이 떠도는 휘파람의 행방을

어디에도 편입되지 못하고 어두운 동굴에서 반짝이는
눈동자가 있다
암벽에 새겨진 별자리를 따라 먼 길을 찾아오는 노래가
있다

일식

하늘을 접어서
어둠의 물통에 집어넣네

위급한 태양의 둘레에 점점이 쌓이는 소식들

빛의 눈이 닿지 않은 먼 곳으로부터
죄 없이 죽은 자의 이름이 떠오르네

삶이 없는 지상은 공갈빵 같아서
새들은 허공을 고무줄처럼 늘였다 줄였다 하면서
지상과 하늘을 오가며 교신하네

폐허를 삼킨 심장을 이해하지 못하는 우아한 춤의 여
신들
지상을 버리고 풍등처럼 날아올라
너, 너희는 달콤한 미문의 흔적만 남기고 떠다니네

내세의 부적을 묻은 모래 무덤 위에서
피안을 지우고 대지를 숨 쉬는 방식

여러 개의 몸으로 흩어져 걸어가네
결심하지도
맹세하지도 않고
수억 광년 악몽의 트랙을 검은 얼굴로 떠돌고 있네
태초로 돌아간 하늘이 땅의 희박한 호흡을 증언하네

외전(外傳)

눈을 감아 봐
빗소리를 데리고 비가 오잖아
비가 그치면
빗소리는 어디 가나

눈을 떠도
여기는 칼바위 오르는 길
조금 전의 심장
조금 전의 빗소리와 함께
북한산 어디쯤

산 아래 초등학교 앞에서
솜사탕으로 빚은 구름 한 송이
한입 한입 베어 먹는 아이들
와와, 훗날은 점점 부풀어 올라
달콤해지지
기어코 구름이 아이들을 삼키는 날이 오지

여기가 어디냐고 묻지 마

너는 밤마다 망명 중이라고
반딧불이처럼 어디론가 깜박깜박 신호를 보내는 중이라고
몸의 불을 끄고
어둠도 몰라보는 어둠이 되는 순간
너는, 너의 미래는 반짝 눈을 뜨지
김수영이 끌고 가던 더럽고 냄새나는 골목 어느 귀퉁이
에서

크고 둥근 하늘이 타전하는
빗방울 문자들
사방으로 흩어져
방금 스쳐간 공중의 인기척처럼
빗소리와 더불어 총총히 사라지는

검은 개

   지상에 불법체류 중인 가객들이 하늘을 연주하여 반짝
이는 리듬을 낳는다

별자리를 몰래 훔쳐서
공중의 헛간에 숨겨 놓은 자

어느 날 그들을 신의 이름으로 명명하니
지상의 나날은 곤고하여
검은 개의 목에 칼을 들이대는 자가 없다

하늘을 날던 흰 말의 입속에서
천사와 악마의 이름이 태어났다
세계는 뚜렷해졌으나 한쪽 눈만 가진 괴물도 여럿 나타
났다
잘 보여서 더 컴컴해진 날들이 이어졌다

   검은 개의 배 속으로 사라진 태양을 본 사람이 없다 신
의 이름을 부르는 일이 많아졌고 경전과 경전이 부딪쳐 우
박과 폭우가 멈추지 않았다 가까이 있던 새들도 돌멩이처

럼 떨어져 없는 자들의 가난한 슬픔이 되었다

　지상에 남아 있는 태양의 붉은 주술이 멈출 때까지
　유언처럼 남아 있는 빛의 체온이 식을 때까지

　무덤 속에 있던 신들이 부활하여 인간의 머리를 천둥처럼 밟고 다녔다 신의 나라에서 죄 없이 읍소하는 자들이 많았으나 서둘러 인간을 닫았다 사람이 없는 겨울이 왔다 재의 날이 시작된 첫 번째 밤이었다

미지칭

너머에 숨은 얼굴이 있다
이름도 없고
기호도 없는
그를 뭐라고 불러야 하나?

이곳의 표정을 지운다
이곳의 표지판을 삭제한다

컵은 물을 기억하지 않고
물은 컵의 형태를 고집하지 않는다

잠시 지상에 어른거리다 사라지는 물안개를 따라간다
바깥의 바깥까지 가면
컵이 없다
바위도 없다

어제의 결심이 있던 자리에 드라이아이스가 있다
마이크가 있던 자리에 파꽃이 흔들리고 있다

결정되지 않고
텅 비어 있던 나는
잠시 무정형의 리듬이 된다
바깥에서 무한으로 출렁이는 노래가 된다

외진 구석에서
밀정처럼 숨은 얼굴이 나타난다

어디선가 새로 태어난 봄을 호명하는 소리가 들렸다

겹겹

안개를 읽다가 죽은 이의 손을 잡는다
거무스레한 형체가 보였다 사라진다

해남 땅끝마을
오늘 아침 안개는 표정이 없다
바다 가까이 갈수록 내가 보이지 않아서
꿈속 같다
연 구분이 되지 않은 한 덩어리 산문시 같다

저만치 누가 간다
여보세요?
대답이 없다
죽음이 무성해져서 헛짚고 있는 발이 보이지 않는다

바람 불고 꿈이 희미해진다
안개가 벗겨지면서 보이는
발밑의 모래알들
이목구비가 지워진 뼈의 마지막 결심들

꿈속에서 꿈을 꾸는

이 뻔한 장난

너무 가까워서 서로가 서로를 보지 못하고 멀어진다

안개 탓을 하며

몇 번을 속고 또 속으며

살았어도 산 것 같지 않아

한 겹의 생을 천천히 벗는 동안

여행

파도는 포획되지 않는 바다의 감정들

사전 속 낱말처럼
참나무는 참나무에 갇혀서 나오지 않는다

설명이 끝나고
일목요연하게 정리된 숲과 꽃
책장 속의 책들은 벽돌처럼 잠들고
바람 불고 비가 와도
딱딱해진 숲과 꽃이 움직이지 않는다

물안개가 피어오른다
말에서 풀려나오는 정령들
가볍게 날아올라 허공에 박힌 문자의 기억들을 더듬어
지운다

손에 잡히지 않는 휘파람이 날아다닌다
몸이 기억하는
언어 밖으로 사라진 표정들이 허공을 간질이며 남실남실

떠다닌다

멀리서 얼굴 없는 감정들이 방파제를 넘어 튀어 오른다
너의 심장이 물컹 만져지는 순간이었다

발신

멀리 안개 뒤에서 개가 컹컹 짖는다
개는 보이지 않고
귀만 점점 커진다

소리를 만진다
몸으로 만지는 소리에는 거친 거스러미가 있다
울퉁불퉁한 흉터도 있다

눈앞에 없는 개가 점점 자란다
하느님만큼 커진다

컹컹 짖을 때마다 허공이 조금씩 찢어진다
틈새로 얼핏 보일 듯도 한데
보이지 않는다
개는 죽어서 돌아오지 않는
열일곱 살 봄날 같다

강가에 서 있던 내가 지워진다
안개 저편에서 누가 내 목소리로 부르는 것 같다

그가 나를 살고 있는 것 같다

그가 꾸고 있는 기나긴 꿈의 한 모퉁이
잠시 피었다 지는 개망초 근처에 내 발자국이 있다

저만치서 낡은 신발 한 짝 물고 흰 강아지가 오고 있다
안개가 숨어서 몰래 낳은 아이 같다

배경

혀가 기억하지 못하는 소리가 있다
입안에 가득한
죽은 물고기
뱉을 수도 삼킬 수도 없는

오늘의 불운이라고 정의하는 사람이 있다
제초기가 지나간 자리 같다

혀를 굴려 본다
붉은 살덩어리
소리가 살지 않는
둥근 무덤

기도가 막혀 죽은
달이 푸르스름해진다
구름이 서둘러 흰 천으로 덮는다

몸 없이 떠다니는 허밍처럼
발목 잘린 풀들이 토해 내는 초록의 남은 이야기

입에 손가락을 넣어
가시로 흩어진 소리들을 뽑아낸다
발음이 되지 않는 낱말들의 배를 가른다
물컹거리며 먹물처럼 쏟아지는
저문 그림자들

비유만 남은 봄이 방파제 주변에서 걸음을 멈춘다
꽃잎 같은 혀들이 꾸덕꾸덕 말라 접히고 있다
최대한 단순하게
마지막 남은 언약의 말들을 뱉어 내면서

무지개를 읽는 오후

유리창이 마음을 꺼내 보여 준다
아무것도 아니었던 네가
텅 비어 공활했던 네가
마음이라는 것은 아예 없는 것이라고 중얼거리던 네가

일곱 가지 속내를 드러낸다
바닥에 내려놓은 마음의 빛깔들

가만히 들여다보면
누군가의 노래인 듯
오래 감추고 있던 사랑의 고백인 듯

해가 저물고
조금 전까지 있던 네가 보이지 않는다
만져도 만져지지 않던 시간도 출렁이지 않는다

유리창이 발설한 빛의 언어를 받아 적던 바닥
없는 마음을 찾아다니며
잠시 바닥이 잡고 있던 빛의 감정들

보여 주다 이내 감추어 버리는
여러 페이지의 유리창 경전을 읽는다
과거도 미래도 마음 한 자락도 다 지워져서
글자 하나 남아 있지 않은

머잖아 유리창을 깨고 조각조각 부서진 새들이 날아가
겠다

2부

동백

동백에는 울컥이라는 짐승이 산다

백 년이 지나고
다시 천년이 지나
눈도 귀도 없이
바닥엔 붉은 심장의 조각들
허공의 단두대 아래
덩어리째 나뒹구는 반역의 대가리들

조문객 하나 없는 동백나무 상가에
누가 붉은 조등을 내다 걸었나

하나둘 불이 꺼지고
제 죽음을 스스로 발아래 묻는,
비문 하나 남기지 않은 허공의 벼랑 아래
열 번 스무 번
제 몸을 던져 장사 지내는
울컥이라는 짐승

동백나무 옆을 지나며 다연발 총소리를 듣는다

탕, 탕, 탕 봄이 쓰러져 핏덩이로 뒹군다 늦은 밤 조등 하나 들고 일찍 당도한 미래를 조문하러 가는 저, 저이는 누구신가?

수혈

동쪽 바다에 가서
붉은빛 한 동이를
철철철 넘치도록 담아 왔네

해가 뜨지 않거나 꽃이 피지 않는 날마다
한 홉씩 꺼내어 마음의 정수리에 들이부었네
아무도 어둡지 않은 봄날의 찬란이었네
꽃에게 헌정한 마지막 황홀이었네

멍

보라의 얼굴이 조금씩 보인다
네 안에 오래 숨죽이고 있던 우울한 피의 누설
천천히 살 밖으로 제 마음을 밀어내는

살을 찢고 터져 나오지 못한 말들이 있다
옷깃으로 가려도 가려지지 않는 것이 있다
어른거리며 나타나는 무수한 말의 혈흔

너는 죽은 눈동자의 색이라고 했다
거기 보라가 있다고 했다
서서히 번져 가는 무늬
굳이 꽃이라고 번역하고야 마는 것
피가 죽은 자리에서 비로소 개화하는 것

홀로 몸속에 어둠을 가두어 눌러 죽인 사람은 안다
기어코 어둠을 보랏빛으로 고쳐 적으며
몸 밖으로 밀어내는 밤의 자국들

거기 보라가 있다

어두운 빛을 삼키고
스스로를 지우며 마지막 한마디까지 증언하는

슬그머니

허공의 틈새에 슬그머니 몸을 밀어넣는 새가 보인다

술값을 내고 슬며시 사라지듯
부고도 없이
혼자 살던 친구가 갔다

픽션처럼
꿈속의 꿈처럼
슬그머니

개운산공원에 서서 본다
먼 하늘 한 모퉁이에서 스스로를 지우며 아득해지는
새의 행방을

그가 떠났다
다시 돌아오지 않으려고
발자국도 무덤도 없이
슬그머니

구름이 짓고 허무는 마음의 자리에 새들이 와서 지저
귄다

오래 날이 저물지 않는다

패러디

죽어서 텅 빈 흰색을 백지에 칠한다
서쪽에서 온 밤들이 알아보지 못한다

모과나무는 모과를 견디고
허공은 허공을 삼키며 버틴다

끔찍해
오늘과 내일이 뒤엉켜서
같은 표정을 지으며 굴러가는
빈 깡통

아무렇지 않은 너는 너를 갖지 못하여
마흔아홉 바퀴의 공회전
나쁜 꿈이라고
벗겨지지 않는 밤의 피부를 찢는다

손끝에 잡혔다 사라지는 그림자처럼
아니 그림자도 없이 걸어가는 바람처럼
흰 크레파스로 그린

있는 듯 없는 풍경들

흰 종이가 아무것도 고백하지 않듯
자세도 표정도 갖지 못한 흰색은
살아 움직이는 몸을 증언하지 못한다

헛웃음이 하늘 복판에 루머처럼 떠다닌다
머잖아 웃음을 시늉한 눈발도 흩날리겠다

땅끝

땅끝마을에서 나흘을 머무는 동안
사람을 보지 못했다
바람 불고
비가 왔다

빈방에 혼자 앉아 창밖 무덤을 바라보았다
비를 맞고 서 있는 고정희가 보였다
담 너머 골목으로 목련처럼 웃으며 지나가는 김태정이
보였다
어쩌다 찾아온 낯선 땅에서
죽은 이들과 통성명하며 지내는 밤

댓돌 위에 올려놓은 운동화가 비에 젖었다
희미하게 깜박이는 길을 되작이는 오후
어두운 방에 누워 천정만 바라보다
여기는 땅끝이라고 바다가 혼자 중얼거리는 소리를 들
으며
잠깐 잠이 들었다

자욱한 안개 너머에서 누군가 걸어오는 소리가 들렸다
아무것도 보이지 않고 소리만 살아서
너는 누구니?
누구니?

안개처럼 입이 사라진 나는 닿을 수 없는 먼 곳의 표정
을 솔가지에 걸어 놓았다 안개의 방향으로 흘러가는 발목
들이 잘 보였다

낮달

무덤 앞에 귀신들이 모여 앉아 있다
햇빛 좋은 날
컴컴한 무덤을 열고
나들이 나온 듯

깔깔거리며 웃고 있다
죽어서도 일가를 이룬 듯
축축하게 젖은 수의를 널어 말리며
결혼을 앞둔 딸 이야기를 하고 있다
땅속에서도 머리가 자란다며
스물서넛쯤으로 보이는 여자가 상석(床石) 위에 앉아 머
리를 빗고 있다

죽음이 저리 정답다니
죽음이 저리 투명하다니

새들은 공기 속에 녹아 있는 얼굴들을 보는 듯
근처 나뭇가지에 앉아 귀동냥하며
쨱쨱쨱 말참견을 한다

몇몇 멧새는 낯이 익은 듯
여자에게 갸웃거리며 말을 걸고
바람은 예전 방식대로 귀신들의 몸속을 들락거리며 숨
을 쉰다
삶도 죽음도 아닌 것들이
산 것처럼
때론 죽은 것처럼
봉분 앞에 썩지 않은 마음을 펼쳐 놓고 햇빛을 쬔다

죽음이 혼자 남아 백야처럼 환해지는 시간
여러 마리의 흰나비가 죽음 밖으로 날아간다

무덤 밖이 조용하다
빈 두개골 하나 허공에 걸어 두고
명랑하게 웃던 귀신들은 다 어디로 갔나

눈사람 유령

심장이 없고
갈비뼈도 없는
사람 이후의 사람
사람 이전의 사람
누군가가
하늘이 낳은 미래라고 부르기도 하지

분명한 건 없지
분명하고 단단할수록 거짓이라고
눈사람이 온몸으로 말하지
일용한 양식이 허공이어서
아무것도 남기지 않고
미련도 후회도 없이
사나흘 세상에 머물다 슬그머니 떠나는

벌거숭이로 웃고 있는 눈사람처럼
하염없이 녹아 사라지는 줄 모르고
온종일 치고받는 흰 유령들

코가 떨어지고

수염이 날아가고

하나 남은 눈마저 사라질 때쯤

허공으로 만든 눈사람이 잘 보이지

어디에도 없는 내일의 표정이 잘 보이지

육탈

― 보길도 암각시문

돌의 살점을 떼어 내
심장의 독백을 새겨 넣은 문자들
옛 기억처럼 희미하게 남아
보일 듯 말 듯
차갑게 식은 마음의 조각을 만져 본다

무심한 듯 서 있는 암벽에 글자를 욱여넣으며
먼 하늘만 바라보던 날들

바람 앞에 서서 읊조린 몇 마디 사랑도 흩어지고
돌 속에 박혀 연명하던 글자들은 오래 아팠으리

돌이 글자를 뱉어 낸다
한 톨 한 톨 떨어져 나가는 획

손으로 쓰다듬어 글자들의 눈을 감겨 준다
치렁치렁 걸치고 있던 문장을 걷어 내고
백골로 눈부신

암벽 앞에서

예언자

머잖아 첫눈이 내릴 거라고 한다
맹수가 들끓는 태양 제국의 칙령과 법제를 버리고
하늘 밖을 오래 떠돌던 눈송이가 망명한다고 한다

조각조각 깨진 얼굴로 아무렇지 않은 척
최대한 우아하게 밀입국한다고 한다

단풍나무 밑동에 쌓이는 실패한 나뭇잎
잘게 부서져 오갈 데 없는 유리 조각처럼

머잖아 첫눈이 내릴 거라고 한다
어두워지는 지평선 밖을 천천히 읽으면서
잘린 팔이 퍼덕거리는 공장 바닥에 함박눈이 내릴 거
라고 한다

부서진 것들은 서로 이름도 신분도 모르지만
어느 한 모퉁이에서 튕겨 나온 것들
높은 담벼락을, 우뚝 선 동상을, 황금빛 첨탑을
조금씩 덮을 거라고 말한다

조금씩 무너뜨릴 거라고 말한다

산에서 설해목 꺾어지는 소리가 들리고
공장 뒷산에 잘린 팔의 따듯한 무덤이 생길 거라고 한다
예언도 미래도
찌그러진 캔처럼 웃고 있지만
언제나 그렇듯
믿지 않지만
머잖아 첫눈이 내릴 거라고 한다

마네킹

폐업한 상가 앞에 마네킹이 있다
알몸으로 서서
오가는 이들을 바라본다
한때 치장했던 봄의 표정들은 어디 갔나
옷도 집도 잃고 쫓겨난
팔 하나 없는 여자

비를 맞고 있다
눈 한 번 깜박 안 하고
빗물 따라
어두워 가는 거리를 안고 어디론가 흘러갈 자세다
매장 주인처럼 버거웠던 지상의 옷을 벗고
알몸의 물고기를 꿈꾸고 있는지 모른다

더 이상 서 있을 자리가 없고
그를 선망하던 시선들도 없고
불 꺼진 상가와
인적 드문 텅 빈 거리
장신구로 걸치고 있던 새털구름도, 허공을 희롱하던 나비

도 없다

　몸만 남은 여자는
　사라진 주인을 이해하기로 한다
　주인이 벌거숭이 몸으로 밤의 끄트머리에 오래 서성이
던 날들을

　마네킹이 걸어간다
　비 오는 컴컴한 거리를 우산도 없이 밤새 걸어간다
　어디로 갔는지
　어디에서 멈추었는지
　그의 행방을 아는 사람은 아무도 없다

　봄이 다 가도록 꽃의 입구가 보이지 않았다

우리 너무 확실해졌어

오래 오가던 길들이 발바닥을 잡고 놓지 않는다
분명해진 만큼 점점 멀어지는 눈이 있다

방향도 지리도 모르는 곳에 굳은살 박인 발을 방목해
야겠다 태풍과 폭우 속에 동서남북 다 던져 버리고 몸 가
는 대로 우당탕 흙탕물로 흐르게 해야겠다 여기가 어디냐
고 묻지 않고 휘파람 불면서 머리칼 날리면서 강둑길이나
숲길이나 산 너머 들길이나 무장무장 출렁여야겠다

기어코 뒤죽박죽 뒤엉킨 잡목 숲을 찾아든 새들
눈길 닿는 곳마다 반짝반짝 태어나는 여러 갈래의 기
분들

사방으로 열려 있는 별의 방향으로 날아오른다
발바닥에 붙어 있던 길들이 흩어져 사라지고, 모두 길
인 듯 길이 아니어서 새들을 마음껏 풀어놓고 바라보는
별들의 의중을 알겠다

지도 위에서 오래된 길 하나가 지워진다

64

폭설 탓이라고 말하지 않겠다

불면

뒤척거리며 잠들지 못하는 파도를 이해한다

무릎 아래 다리를 잘라야 한다며
쉼 없이 중얼중얼 바다가 전송하는 이야기

몸속에 가득했던 검붉은 노을이 뭉글뭉글 솟는다
빚만 남은 가게 앞에서
더는 버틸 힘이 없다며
오래 쥐고 있던 바다를 집어던진다 깨진 바다가 마음
밖으로 뿔뿔이 흩어져 달아난다

봉포항이 기억하는
죽은 이들의 목소리
바다 끝에 버려진 빈 조개껍질 같은
적막의 유적들

앞바다에 불끈 바위섬이 솟는다

손님 하나 없는 겨울 바닷가

바다의 정직한 고백 앞에서

상균 씨는 소주잔을 기울이며

머잖아 잘려 나갈 시커멓게 죽어 가는 다리를 어루만진다

먼 바다를 딛고 오는 햇살을 필사하며 견디는 동안

괜찮다, 괜찮다 하는 허풍선이 바람의 말을 흘려듣는

동안

화석

여보세요?
이름을
그의 별명을 불러 본다
돌 속에 웅크리고 있는 여자를
한 걸음도 밖으로 나오지 못하는 풀꽃을

보이지 않던 것이
왜 보이나
밀리고 밀려
숨도 못 쉬고 엎드려 죽은 달팽이
가슴이 부서져 꽃잎 모양으로 남은
스무 살의 노래가
왜 들리나

돌이 증언하는
수년 전 눈먼 바다의 재앙을 복기하듯
아프게 짚어 나가는
반쯤 잘려 나간 나뭇잎들의 표정
미처 밖으로 끄집어내지 못한

납작하게 눌려 있는 밤

돌에 박혀 죽은 푸른 달을 만져 본다
차갑게 식은 밤의 심장을
불붙어 타오르던 하늘의 커다란 눈동자를

3부

독주

먼 나라의 방언이 울창하여 접혀 있던 맑은 귀들이 목
련처럼 피어난다 여기쯤이라고 누군가 속삭이는데 완성되
지 않은 하늘이 폭발한다

파지처럼 눈발이 날린다
미완의 골짜기부터 차곡차곡 쌓이는 순백의 기억을 따
라간다 쪼그리고 앉아 불을 피우던 갈라지고 터진 손, 무
게가 사라진 네가 꿈의 문고리를 따고 낯선 별의 층계를
밟고 올라간다

하늘이 문을 닫는다
눈먼 새들이 떨어져 있는 어두운 거리에서 말이 채찍을
맞아 비틀거린다 미친 사내가 말을 부둥켜안고 울다가 저
녁이 되고, 남은 빛은 북쪽의 골짜기에서 어둠을 쪼며 희
미하게 깜박거린다

얼음처럼 갈라지는 얼굴에
잔금 무성한 실뿌리들
살아야지

죽음보다 더 시퍼렇게
죽음보다 더 단호하게

힘주어 견디고 있던 검은 돌이 터지고 심장이 퍼덕거린다
손끝에 남아 발언하는 빛의 온기들

꽃의 방향이 지워지고 낯선 나라의 골목에서 죽은 여
자가 걸어 나온다
수치와 모멸의 자갈밭을 지나서
검은 머리칼이 불붙어 타오르는 백 년 후의 거리를 지
나서

공회전

그는 그를 생산하려고 한다
기다란 셀카봉을 들어
하늘을 저만치 밀어내고
지금 이곳에 자기를 낳으려고 한다

매끄러운 표면을 만들려고 밀고 당긴다
이슬방울처럼 웃고
작은 눈을 크게 뜨고
카메라 앞에서 그는 속성으로 제조된다

낳고 낳아도 헛헛하여 다시 셀카봉을 든다
그의 셀카봉은 점점 더 길어진다

그곳엔 타자가 없다
그곳엔 그가 없다

도서관

여러 개의 손과 발이 날아다니고, 수천의 눈동자가 숨어서 반짝인다 마녀의 옷자락에 묻은 어둠을 털어 내며 늙은 시종의 기침 소리를 따라가면 동굴이 열리고 불의 사자가 걸어 나온다

밤이 닫히고
아침이 열릴 때까지

눈먼 개들이 떼 지어 몰려다니는 심야에 예언은 풍등처럼 날아올라 하늘의 어두운 구석을 밝힌다

세 번을 부인하고
삼백 번을 부인해도
새벽은 당도하여 너희의 창을 두드릴 것이니

지구의 자궁인 무덤이 열리고
너희의 아비가
너희의 어미가
다시 태어나는 날들

눈이 없는 노인이 억겁을 건너온 손으로 도서관을 만진다
책과 문자 사이를 떠도는 공기의 맥박을
허공에 떠다니는 자욱한 목숨의 무늬들을

밤을 해독한 늙은 도서관장이 안개의 어조로 중얼거린다
도서관은 어디에도 없었다고
자기는 커다란 바위산을 지키던 홀아비 산지기였을 뿐
이라고

외경(外經)

강물이 구술하는 이야기를 누군가 받아 적는다
세상은 변하지 않아
심장의 위치가 바뀌지 않듯

아침 한나절 강가에 서성이다 흠뻑 젖은 초록의 머리
칼들

이건 아니라고
고개 내저으며 걷는 동안
발이 보이지 않는 사람들
은사시나무 저편에서 오래전 죽은 이들이 수런거리며
다가오고
강물은 여전히 긴 이야기를 멈추지 않는다

흰 노트에 기록한 안개의 문장들이 풀려나와 풀잎 끝
에 맺힌다
그중 반쯤은 영롱한 슬픔이라고
강가 버드나무 숲에 모여 속삭이는 조롱박새들

> 세상은 변하지 않아
태양 하나 공중에 띄워 놓고
우러러 기도하거나
다 식은 불덩어리 잡으려고
강물 따라 뛰어가는 저녁

흰옷을 입고 강가에 오래 서성이던 사람이 장문의 안개 다발을 들고 천천히 걸어 나온다 해가 지고 바람 불고 다시 아침이 올 때까지 지상의 표정은 바뀌지 않아서

그이의 손에서 퍼덕이는 문장들을 다시 방생하러 간다 한동안 안개가 짙어지겠다

극장

어디서 온지도 모르는 기이한 빛이 돌을 뚫는다

돌의 배꼽이 열리고, 아이들이 운다 다시 태어난 소리와 색 들이 뒤엉켜 이름을 찾아간다 본래 자리는 지워져서 칠 일 밤낮을 눈 없이 돌아다니다 까마귀를 만나 소리를 얻고 엉겅퀴를 만나 색을 낳는다

가을이 상영하는 풍경 속에서
색이 흩어지고
소리가 사라지는 해 질 녘

이름과 얼굴을 지운 허공이
영화는 끝났다고 어깨를 툭 친다

검은 무덤 같은 극장이 눈을 뜬다 방금 발아한 씨앗들이 줄줄이 일어나 주검 밖으로 걸어 나가고, 빛과 어둠이 익숙한 방식으로 자리를 바꾸어 앉는다

수백 번 본 장면이라 잠깐 잠이 들었던 것 같은데 영화

제목도 기억나지 않는 이상한 오후가 지나갔다

유리 부족

너는 없다
너는 느닷없이 태어나고 느닷없이 사라진다 없는 것으
로 존재하는
너는 늘 수상하다

사람들은 한순간 너를 알아챈다
한 마리 새가 겁 없이 날아와 죽는 것을 보고
유리는 빠져 죽기 좋은 호수라고 말한다
돌처럼 딱딱한 허공이라고 말한다

가끔 유리 호수에 돌을 던지는 사람도 있지만
죽는 것은 언제나 돌이지
유리가 아니다
유리는 죽지 않아서 유령이라고 의심하는 사람도 많다
처음부터 없던 것이
죽을 리가 없다

흰 꼬리를 길게 늘어뜨리고
유리창 안을 들여다보는 오후의 햇살들

먼 행성에서 달려오느라 손발이 다 닳아
언제나 빈손으로 왔다 가지만
너를 닮아 소리 없이 오가는
없는 것으로 가장 뜨겁게 너를 덥히는

데스마스크

마당 한쪽에 늙은 저녁의 얼굴이 떨어져 있다
오래전 나의 뼈와 살이 완성한 그림자 같다

여보세요?
누가 부르지만 알아듣지 못한다 그림자에는 귀가 없다
까막눈이라 앞도 보지 못한다 흰나비가 허공을 접었다 펴
며 날아간다 나비를 따라가던 손이 구름 속으로 사라져
장대비가 퍼붓는다

한 계절 움켜쥐고 있던 이파리, 이파리의 붉은 마음은
간 곳 없고 허공의 백비(白碑)로 서 있는 빈 나무가 기도하
듯 손을 모으고 있다 파과와 쭉정이만 남은 과수원에서
죽음을 살리는 새들의 분주한 노동이 이어진다 색과 색이
만나고 소리가 소리를 만나 어디에선가 낯선 목숨 하나
태어난다

아직 집으로 돌아가지 못한 메아리들이 허공을 떠돌며
몸 내려놓을 곳을 찾고, 죽은 지 오래된 이들은 검은 옷
을 입고 저문 들녘을 서성인다

〉 흰 글씨로 필사한 장문의 기도문이 까마귀 떼로 흩어
지고, 몇 생을 거듭하는 문장들의 지루한 판타지를 읽는
밤, 잠시 생의 바깥을 엿보았을 뿐인데 여러 번 덧칠을 해
도 지워지지 않던 어두운 기척들은 다 어디로 갔나

춤

무대에 몸이 없다

흰 구름 떼 백조가 떠다니는
저곳에 사람이 없다

사라진 몸의 행방을 쫓던 이들도 없다
그녀를 삼킨 것은 구름만이 아니다
여러 사람의 몸속에서 여자가 출렁이고
꽃들이 웃으며 뛰어오른다
공중이 활짝 피어나 오늘이 넘친다
범람한다
여럿이 된 그녀가
맨발의 불꽃이

막이 내린다
밤의 내부가 죽음처럼 완벽해져서
그녀가 돌아온다
꽃에서 빠져나온 몸이 또렷해지고
죽었다 깨어난 사람들이 서로를 바라보며 암전된다

> 어제와 같은 방식으로 저녁을 먹고 허리 굽은 밤을 눕
힌다

하늘이 누설한 소문이 몰래 다녀간 것 같다

재구성하는 너

누군가 벚나무를 해석하고 있다
한 잎 한 잎 떼어 내어
공중에 옮겨 적고 있다

허공의 비늘이라고 한다
멀리서 노을을 조문하러 온 꽃의 예법이라고 한다

구름의 화원을 순례한 바람이 나무를 포기하고 떠난다
잠시 공중에 걸어 놓은 무지개의 농담이었다고
한없이 가벼운 나무의 요설이었다고

바람이 발밑에 버리고 떠난 파지들
나무가 상주(喪主)처럼 서서 내려다보고 있다

빈방에서 혼자 바닥을 안고 죽은
하나이며 여럿인
내 안의 당신이 펼쳐질 때

허공이 빈 가지 끝에서 누군가의 몸을 받아 안는다

> 아무도 맹세하지 않았지만 겨울이 왔다

녹턴

얼굴을 잃어버린 천둥과 번개는 천지 사방을 떠돌며 미지의 어느 날, 보이지 않는 땅이 열리고 머리 붉은 짐승이 솟구쳐 오를 거라고 믿는다

구원은 있다고
으르렁거리는 번개와 천둥의 결의가 칼끝에서 번쩍인다
이따금 가망 없는 손끝에 불이 붙어 타오르기도 하지만

밤의 안팎을 오가며
꽃으로 장식한 예언의 기나긴 문장을 필사하는
바람의 핏줄들

공기 희박한 사원 너머에서
외따로 길 밖으로 걸어가는 그림자
불시에 튀어나오는 뜻밖의 방향이 피의 표정에 따라 체위를 바꾼다

수시로 고백이 달라지는 구름의 쓸쓸한 농담을 이해하면서

지하에서 꿈틀거리는 불의 근육들을

미래의 심장으로 오독하면서

고물상

맨얼굴로 뒹굴고 있다
이름을 벗어 버린 물건들
본연의 표정을 찾아 찰랑이는 기원들

천방지축 뛰노는 아이들 눈에 성큼성큼 걸어 들어온다

부서져서 여러 조각으로 뒹구는 금요일
망가져서 처음의 자리로 돌아간 감정들

겁 없이 뛰쳐나가던 파도의 머리통은 어디로 갔나

아무도 모르는 곳에서 튀어 오르는
아이들이 하느님의 눈으로 찾아낸다
오래 잊고 있던 표정을
몸에 남아 있는 희미한 맥박을

끼우고 맞추고 세워서
뜻밖의 자리에
뜻밖의 시간에

사물을 낳는다

죽음이 울창했던 몸속에서 오래된 집이 빠져나간다

트럭이 지나갔다

누군가가 쇠붙이의 낯선 이름을 불렀다

기일

산 아래까지 내려왔던 안개가 슬금슬금 뒷걸음질한다
움켜쥐었던 것들이 하나둘 빠져나간다

흰 그물망에 걸리는 것이 없다
위로 당길수록
점점 사라지는 몸

안개는 스스로를 지운다
이름도 주소도 남아 있는 게 없다

여기가 어디냐고 묻는데
조금 전의 입이 없다

꿈결에 오르내리던 문장들이 지워졌다
세필로 적은 흰 글자들이 모여 웅성거리고 있었는데

오디나무 아래
공중에 박혔던 마침표들이 떨어져 있다

손끝으로 누르면 붉은 피가 배어나는
박동을 멈춘 마음들

보이지 않는 얼굴들이 다시 자욱해졌다
매일 태어나 매일 죽는 아침을 조문하면서

풍선 너머

처음부터 없었던 것을
있었다고
가득했었다고
풍선은 기억한다

풍선의 결핍을 연구한 사회학자는
허공의 껍질을 벗겨 놓은 것이 풍선이라고 정의한다

풍선은 배가 고프다
살도 뼈도 되지 않는 허공으로 헛배를 불리는 동안
풍선은 벙글거리며 웃는다
다 이루었다고
터질 듯 부풀어 오를 때
터져도 손해 볼 것 없어
늘 본전인 허공이지만
풍선은 몸이 찢어지는 최후를 맞는다

여기저기 흩어져 처음의 자리로 돌아간 풍선이
제 몸을 만지며 일용한 양식이었던 허공의 진심을 확인

한다

　간신히 허공을 살아 낸 후박나무 이파리들이 하나둘
떨어진다 지상의 머리맡에 핏기 사라진 저녁의 껍질들이
쌓이고, 검은 비가 추적추적 돌멩이의 어두운 안쪽까지
적시는 날

웃음의 기원

아무것도 보지 못하고 아무것도 듣지 못하여 나는 비
로소 너에게 닿는다

죽은 나무의 표정 없는 그림자를
심장에 넣어 불태우는 동안

여기가 어디인지 몰라서
혀끝에 피었다 지는 이름들을 불러 본다
입안에서 쏟아지는 모래알들이
구름의 일생을 소곤거리기도 하지만

돌멩이가 팝콘처럼 터져서
꽃이 되는 밤
내 안에서 오래 뒤척이던 지옥이 차례로 폭발한다

희극배우처럼 악몽을 길몽의 은유로 해독하는 날들이
많아진다

밤을 열어 불길한 소문을 구겨 넣고

목각 인형처럼 답이 없는 하늘을 닫는다

네가 놓고 간 풍경의 바깥을 기웃거리며
더 깊이 의심하는 빛들이
다른 각도에서 태어나는 저물녘

질주

새를 결심한
나무가 달린다

넘어져 부서지면서 빛이 태어난 자리로 돌아간다

아이들이 알아본다
바다가 자기들에게만 보여 주는 얼굴을
죽어서 다시 태어나는 사물들의 표정을

북두칠성을 눈 밝은 밤의 새라고 부른다
정치인을 아침을 쏟아 낸 검은 항아리라고 부른다

꽃이 기억하지 못하는 꽃들이 태어났다
뜻 밖에서 뒹굴던 봄이 쓰레기통에 가득했다

달린다, 일생이 불덩어리인 등대가
달린다, 가난한 마을에 혼자 우뚝한 첨탑이
달린다, 저녁 하늘에 불을 지른 방화범이

수도자 같은 까마귀가 허기진 눈을 또록거리며
문자가 사라진 풍경 너머를 읽는다

촛농처럼 녹아 흐르는 겨울의 내용이 모호해졌다

4부

문자들

글자는 글자를 살지 않고 반성하지도 않는다
불이 꺼진 컴컴한 글자들

실명한 검은 활자들을 책에서 끄집어낸다
죽은 씨앗 몇 알 떨어진다
콕콕 쪼아 대도
먼 곳에서 두근거리며 빠르게 뛰던 맥박을 기억하지 못
한다
장맛비에 젖어 부풀던 책에서도 싹이 돋지 않는다

톡 건드리면 도르르 굴러 떨어지는 글자들
빈 가지 끝에 붙어 있는 죽은 벌레 같다
오래 필사하던 향 짙은 봄의 문장들도
제 몸을 부수며 하얗게 일어서던 파도의 격정도
검은 무덤이 된다
오늘의 표정을 가둔 감옥이 된다

글자는 글자를 살지 않아서 자기 목소리를 잊었다고 한다
글자를 떠난 색색의 감정들도 모두 잊었다고 한다

동사(動詞)

'갑자기'라는 말에 고라니가 산다
'느닷없이'라는 말에 멧돼지도 산다

차례도 모르고
목적도 없이
튀어나온 심장

심장이 지르는 소리에 불이 붙는다
고요했던 나뭇잎들이 수런거리기 시작한다

소나기는 기록을 남기지 않고
맨얼굴로 달려온다

소나기를 쫓아 고라니가 뛰어간다
멧돼지가 돌진한다
인간이 붙여 준 이름을 던져 버리고
유일한 사건이 된다

고라니는 해석되지 않는다

멧돼지는 문장 속으로 들어가지 않는다

몇 번을 접어도 접히지 않는 고라니
몇 번을 구겨도 구겨지지 않는 멧돼지

실종

도마뱀이 보이지 않는다
눈 한 번 뜨고 재빨리 사라진 빛 같다
방금 앞에 있었는데
좌우로 몸을 흔들며 길을 가로질러 갔는데
없다

헛것을 본 것이 아닌데
분명 마른 풀숲으로 들어갔는데
움직이는 것은 바람과 풀잎뿐인데

분별이 사라져서
풀잎과 도마뱀이 지워지고
일순 지구가 한 덩어리 심장으로 뛰는 순간
하릴없이 어슬렁거리던 바람이 웃으며 지나간다

바람의 끄트머리에서 도마뱀 꼬리가 슬쩍 비친 날
화석 박물관에서
돌의 몸속으로 들어가 잠든 풀과 도마뱀을 다시 만난다
나 몰래 떠난 사랑도

어느 순간 도마뱀이었겠다
어느 순간 마른 지푸라기였겠다

봄날은 가는데 내가 만져지지 않는다

지상의 극장

안개가 쥐었던 풍경을 놓고 멀어진다
북한산을 통째로 안고 날아오르던 꿈이 흩어지고
여러 생을 걸어와 지친 발을 씻는
저녁의 돌멩이들

김종삼이 성당에서 길음시장 쪽으로 내려온다
자네 아직 살아 있나?
친구의 물음에 그가 빙그레 웃으며 말한다
죽을 수 없어서
아니 너무 많이 죽어서
여기 있다고
한 번도 이곳을 떠난 적이 없다고
바람도 하늘도 구름도 같은 농담을 반복하고 있다고

골고다 같은 길음동 언덕을 오른다
김종삼은 자신의 영결 미사를 치른 성당을 몰라보고
지나친다
공중에서 짓고 허무는
구름의 눈부신 허구

검은 재로 기록한 한낮의 영화가 끝나고
작별 인사도 못 했는데
서둘러 미망의 하늘을 닫는
저 손은?
갑자기 허공의 마음을 감당하지 못한 빗방울이 후둑후
둑 떨어진다

저녁이 오나 봐

병실로 옮겨지고
내가 나를 만진다
내가 나를 비운 사이
몸속을 들락거린 빛이 있다

빛은 마취에서 깨어난 나를 몰라보고
너는 누구냐고 묻는다

대답하지 않는 내가 무성해지지만
몸 밖에 나가 있던 내가 나를 증명할 길이 없다

입을 열어 말을 하는데
내가 보이지 않는다

병실 창틈으로 잠입했던 햇빛이 슬금슬금 뒷걸음질하고
꿈속에서 걸어 다니던 내가 뒤따라간다

몸을 벗고 서걱거리는 허공의 껍질
조용히 마른 뼈를 어루만지는 온기의 기척들

나는 나를 조문할 방법이 없다
몸이 없는데
검은 상복을 입은 그림자가 상주처럼 바닥에 엎드려 있다

피가 멀어서
손 한 번 잡아 본 적 없는

서쪽의 이력

햇빛을 따라다니던 고양이가 나를 빤히 바라본다
담 아래 손바닥만 한 햇빛을 잡고 옹크리고 있다

햇빛이 고양이를 뿌리친 적은 없다
고양이 몸속에서 시린 발을 녹이는 햇살도 있다
둘은 잘 어울려 같이 다닌다

단풍나무 아래서 저녁이 조금씩 자라고 있다
어디서 많이 본 듯한 흑백의 초상이 어른거린다
누구세요?
대답이 없다
사람과 짐승의 경계가 모호한 저녁의 화법이라고
뒤따라 온 밤이 중얼거린다
나무 밑에 오래 옹크리고 있던 그림자 하나가 달려나온다

돈암동 언덕 어디쯤인 것 같다
상한 폐처럼 숭숭 구멍이 뚫려 있는 골목 담벼락
마음에 구멍이 많아 적막한 바람만 들락거리던
늙은 화가의 부서진 얼굴이 보인다

반 지하 단칸방에서
평생 고양이만 그리다 서둘러 몸을 닫은

바람의 발바닥을 가진 고양이가 껑충 담장을 넘는다
햇빛이 없다
저물도록 빈손으로 서성이는 서쪽의 심정을 알겠다

색

미황사 대웅보전이 단청을 맑게 씻어 냈다
색의 해탈 같다

늙은 나무의
눈부신 유골

색 너머를 정독하면서
조금씩 색을 건너왔다

나무가 잡고 있던 색의 행방을 두리번거린다
색 바깥으로 나가 어디에 머무는지
색색의 감정들은 어디로 흩어졌는지

경내를 오가는 사람들 발소리에 깨어나는 색이 있다

홍매로 건너간 색은 죄 없이 얼굴을 붉히고
담장 옆 배꽃으로 옮겨 간 흰색은 죽음 비슷하게 닮아
간다

마음을 지운 뒷산 바위처럼
대웅보전의 맑은 뼈가 희게 빛나는 오후

멀리 달마산 기암괴석이 색의 행로를 내려다본다
색이 오가는 길이 조금 더 환해진다

뼈꼴

엉덩이에 뿔이 솟았다

살 속에 저녁의 이력들을 구겨 넣고
일어서거나 누워야 하는
양자택일의 순간

뿔이 사라진 머리가 소파무덤에 묻힌다

머리에 뿔을 달고 다니던 시절
신의 뜻이 깊어서
뿔이 향기로웠다

바닥에 엎질러진 불쾌한 표정들

엉덩이를 찌르며
주저앉아 뭐 하고 있느냐는 듯

멀리서 불빛 한 점 깜박이는 밤길
가문비나무들이 마음속에 묻어 둔 뿔을 뽑아 들고 서서

걷는다

　뿔의 과거가 은밀해져서
　이곳에 없는 오늘이 도착할 것 같다

　빛이 잠행하는 다른 장소에서
　조금씩 맑아지는 새의 얼굴로

만두꽃

시간 너머에서 흩날리던 흰 눈의 부족이 있다
낱낱의 표정들은 지워진 지 오래여서
무명씨로 남아 있던 너
너를 호명할 때마다 하르르 날리는 꽃씨들

너에게 스미는 축축하게 젖은 신의 숨결이 보인다
살이 부풀어 오르고
먼 기억 속에서 돌아오는 몸의 윤곽들

너의 기분, 너의 희로애락, 네가 좋아하던 화초와 네가
즐겨 부르던 노래가 태어난다 주무르는 손끝에서 흘러나
오는 휘파람에 무지개 뜨고, 목련의 흰 발자국들이 가지
런히 남는다 물의 육신을 빌려 나타난 너의 얼굴에 말랑
말랑한 젖살이 오른다

도톰한 입술을 꼭꼭 눌러 닫는다
몸 안에 숨긴 허공의 양식
너무 배부르지 않게
너무 굶주리지 않게

함부로 속엣말을 내어놓지 않을 미래를 봉인한다

꽃에 도달한 아이들이 한곳에 모여 도란도란 이야기를
나눈다 봄볕으로 빚은 꽃과 아이들이 한 종족이었음을
확인하는 자리, 꽃이 발설할 미지의 언어들이 보일 듯 말
듯 어른거린다 허기의 분량만큼 오늘의 첫 페이지가 넓어
지겠다

모과 스님

너는 한동안 보이지 않았어
잠적했다고
통화도 안 된다고
모두 수군거렸지

가지에 주렁주렁 매달려 있던 나무의 결심들
그중 하나였던 네가 어느 날 보이지 않았어

멀리 떨어진 풀숲에서 너를 발견한 것은
눈 밝은 태양이었지
커다란 눈으로 너를 찾던 불붙은 심장이었지

오도카니 앉아 있는 작은 암자 한 채였어
연줄을 끊고 외진 곳으로 날아간 반달연이었어

가까이 다가가 읽는 순간
오래 네 몸 안에 은둔하고 있던 향기들
소곤소곤 다가왔어

숨어서 홀로 견딘
외나무 가지 끝

살아서 완성한 무덤에서 쉼 없이 흘러나오는
잡을 수도 없고 보이지도 않는 너의 긴긴 독백이었지
돌덩이 같은 허구를 물안개처럼 풀어내는 섬세한 미문
이었지

무명씨

그의 숙소는 을지로입구역 지하도다
밤이 되면 박스 안에 들어가 잔다
종이로 만든 네모반듯한 관
미리 죽음을 산다

배가 고파서 잠이 안 온다
온종일 돌아다니며 폐지를 줍고
몇 푼의 돈으로 술과 밥을 사 먹는다
줄을 서서 한 끼 식사를 해결하기도 한다

지하도에 종이 관이 늘어난다 전쟁터도 아닌데 가족도
고향도 없는 여러 구의 시신이 여기저기 놓여 있는 것 같다

지난밤 죽음을 연습하며 잠들었던 노인이 깨어나지 않
는다
식당에서도 더럽다고 쫓겨난
당뇨로 발이 썩어 가던 강원도 고성 사람

새해 첫날 스스로 준비한 관에서 나와 노인이 떠났다

노인이 품고 다니던 가방 안에서
어린 딸과 아들이 환하게 웃고 있었지만

누가 알까
오래 연습한 죽음의 힘으로
마지막 숨을 몸 밖으로 슬그머니 밀어냈다는 것을

모르는 사람

낯선 땅 변두리에서 그를 만났다
오랜만이라고 했다
왜 나를 몰라보느냐고 물었다

아무리 생각해도 캄캄했다
지워졌거나 너무 오래돼서 뭉그러진 글자 같았다

까치들이 떼 지어 깍깍 짖어 대는 동안
잘게 부서져 흩날리는 살과 뼈

여기에 나무가 있었어요
천년을 산 나무라고
마을 사람들이 정월 초하루마다 제를 지냈어요
기억 안 나요?

미안하다고 했다
오래전 죽은 내가
무덤에서 나와 젖은 몸을 말리며 걸어 다니는 것 같았다
바람의 틈새에 끼여 날아다니는

정체불명의 기호 같았다

나는 기어코 모르는 사람이 되었다

심우장을 지나다

매미 껍질 같은 심우장을 돌아 나온 바람의 행방을 누
가 아나
집주인은 간 데 없고
좁은 골목을 따라 길고양이 한 마리 달아난다

어디선가 나타난 까마귀가 고양이를 쫓는다
풀더미 속으로 재빨리 숨는 한 덩이 흰 구름
까마귀가 오동나무 가지에 앉아 머리를 갸웃거린다

공중을 살며시 열어
손으로 휘휘 저어 본다
허공의 얇고 가벼운 숨결만 손에 감긴다

까마귀가 까악까악 짖는다
심우장을 증언하는
허공의 소란스러운 고백이라고 말한다
공중에는 무수한 입이 묻혀 있다

마음의 중량을 줄이기 위해

새들은 기록을 남기지 않는다

비문도 약력도 없다

심우장을 한 바퀴 도는 동안

일찌감치 문자 밖을 흘러다니는 바람의 유려한 흘림체

독백을 듣는다

보이지도 잡히지도 않는

채울 것도 비울 것도 없는

길상사가 멀지 않았다

등대

기념비 하나 세워 놓고 왔지
붉게 타는 서른 살이라고 불렀지

저만치 혼자 서서
바다의 바깥을 바라보았지
꿈꾸듯
아니 누군가 다시 돌아올 거라 믿으면서

한 걸음도 움직이지 않고
고독의 단단한 등뼈 곧추세우고 있는 너는
밤마다 환하게 불 켜는 심장

너의 눈빛에 홀려 다가오는
배 한 척 있었지

밤새 눈을 빛내며 설레던 너를 비켜 갔지만
흔들리지 않았지
너는
너의 어두운 중심은

꺼지지 않는 불기둥
모두 떠난 바다 끝머리에서
서른 살의 표정으로
오늘도 혼자 우뚝하지

빛의 긴 혀로 먼 곳을 핥으며
차가운 몸 하나
오래 불타고 있지

눈사람의 언어와 미지칭의 얼굴들

오연경(문학평론가)

　홍일표 시인은 우리가 익히 알고 있는 문자로 시를 쓰는 것이 아니라 세계의 사물과 존재 들이 뱉어 내는 말, 해석되지 않고 문장 속으로 들어가지 않는 세계의 맨얼굴을 붙들어 보려는 과정을 시로 쓴다. 이는 첫 시집에서부터 지속적으로 이어져 온 그의 고유한 시 의식이라 할 수 있다. 그런데 『중세를 적다』에서 두드러졌던 고전주의적 태도가 이번 시집에서는 좀 더 삶에 밀착된 즉물적인 것으로 바뀐 것을 알아챌 수 있다. 섬세한 관찰과 정교한 묘사는 워낙 시인의 특장이지만, 온몸의 감각기관을 재배치하여 세계의 감각기관과 조응하려는 몸짓이 더욱 역동적이고 생생하게 살아나 있다. 그런 의미에서 이번 시집은 언어 밖에서 출렁이는 존재자들이 그들의 귀로 들은 것,

눈으로 본 것, 입으로 말한 것, 마음으로 보여 준 것을 증
언하려는 부단한 노력의 결과물이라 할 수 있다.

시인이 이처럼 인간의 언어 너머에 있는 세계를 읽어
내려 애쓰는 것은 "잘 보여서 더 컴컴해진 날들이 이어졌"
(「검은 개」)기 때문이다. 잘 보이고 분명하고 확실한 것을
좇으며 세계가 뚜렷해졌다고 믿는 동안 안 보이는 것, 모
호한 것, 흐르는 것을 놓칠 수밖에 없다.

> 오래 오가던 길들이 발바닥을 잡고 놓지 않는다
> 분명해진 만큼 점점 멀어지는 눈이 있다
>
> 방향도 지리도 모르는 곳에 굳은살 박인 발을 방목해야
> 겠다 태풍과 폭우 속에 동서남북 다 던져 버리고 몸 가는 대
> 로 우당탕 흙탕물로 흐르게 해야겠다 여기가 어디냐고 묻지
> 않고 휘파람 불면서 머리칼 날리면서 강둑길이나 숲길이나
> 산 너머 들길이나 무장무장 출렁여야겠다
>
> 기어코 뒤죽박죽 뒤엉킨 잡목 숲을 찾아든 새들
> 눈길 닿는 곳마다 반짝반짝 태어나는 여러 갈래의 기분들
> ──「우리 너무 확실해졌어」에서

"분명해진 만큼 점점 멀어지는 눈"은 인식의 역설을 보
여 준다. 무언가를 선명하게 보게 된다는 것은 그 선명함

에 가려진 그림자를 보지 못한다는 것을 의미한다. 마찬가지로 "오래 오가던 길들"에 붙들린 발바닥은 "강둑길이나 숲길이나 산 너머 들길"을 가린 채 이미 알고 있는 길로만 몸을 이끈다. 그래서 이 시의 화자는 "방향도 지리도 모르는 곳"에 자신을 던져 "몸 가는 대로" 흐르겠다고 말한다. "무장무장 출렁여야겠다"는 것은 동서남북, 길과 길 아닌 것을 구분하지 않고 뒤죽박죽 뒤엉킴을 두려워하지 않는 삶의 태도라 할 수 있다. 그러니까 '우리 너무 확실해졌어'라는 시의 제목은 익숙한 것과 이미 알고 있는 것에 지나치게 길들여진 상태, 의심과 혼돈과 모험을 잃어버린 상태에 대한 한탄이기도 하다. 이제 확실함을 버리고 무질서에 몸을 맡길 때 생각지도 못했던 "여러 갈래의 기분들"이 태어난다. 이 기분이 바로 세계와 존재를 다르게 인식할 시의 눈이자 시의 몸이라 할 수 있다. 시인에게 언어는 "여러 갈래의 기분들"을 태어나게 할 유일한 도구이지만 가장 경계해야 하는 "굳은살 박인 발"이기도 하다. 자신의 언어로 지도 위에 그려 온 "오래된 길 하나"를 지우고 다시 새로운 언어로 다른 길을 그려야 하는 것이 시인의 운명인 것이다.

홍일표는 특히 "불이 꺼진 컴컴한 글자들", "글자를 살지 않고 반성하지도 않는" 글자들, "오늘의 표정을 가둔 감옥"(「문자들」)이 되어 버린 글자들을 의심한다. 그에게 문자는 목소리와 감정을 상실한 것, 딱딱하게 박제되고 차갑게 식은 것, 세계의 생생한 표정을 포착하지 못하는 것이다. 홍일표의 시에서 사물과 풍경은 저 문자의 감옥을 벗어나려는 역동적인 몸짓을 보여 준다. 가령 나무가 달리면 까마귀는 "문자가 사라진 풍경 너머를 읽"(「질주」)어 내고, 고라니나 멧돼지는 "인간이 붙여 준 이름을 던져 버리고/ 유일한 사건이"(「동사」) 되며, 물안개와 함께 "말에서 풀려나오는 정령들"은 "문자의 기억"을 지우고 "언어 밖으로 사라진 표정들"(「여행」)을 불러낸다. 그러니까 시인이 꿈꾸는 언어는 "본연의 표정을 찾아 찰랑이는 기원들"을 "끼우고 맞추고 세워서" "사물을 낳는"(「고물상」) 그런 언어인 것이다. 인간의 문자로 시를 쓰는 시인은 이 불가능한 언어의 꿈을 어떻게 이룰 것인가.

심장이 없고
갈비뼈도 없는
사람 이후의 사람
사람 이전의 사람
누군가가
하늘이 낳은 미래라고 부르기도 하지

분명한 건 없지
분명하고 단단할수록 거짓이라고
눈사람이 온몸으로 말하지

일용한 양식이 허공이어서
아무것도 남기지 않고
미련도 후회도 없이
사나흘 세상에 머물다 슬그머니 떠나는

벌거숭이로 웃고 있는 눈사람처럼
하염없이 녹아 사라지는 줄 모르고
온종일 치고받는 흰 유령들

코가 떨어지고
수염이 날아가고
하나 남은 눈마저 사라질 때쯤
허공으로 만든 눈사람이 잘 보이지
어디에도 없는 내일의 표정이 잘 보이지

——「눈사람 유령」

이 시는 언어의 문제가 단순히 형식이나 재현의 차원이 아니라 존재 자체의 차원임을 보여 준다. 시인은 「설국」에서 "빛 속에서 지워지는 밀어", "어디에도 가닿지 못하고/ 흩날리다 녹아 사라지는 처음부터 없던 문자"를 "눈사람의 언어"라고 불렀다. 눈사람의 언어는 영원한 기록으로 남는 언어가 아니라 잠시 머물다 사라지는 언어, 순간의 반짝임을 비밀처럼 속삭이고 다시 '없음'으로 돌아가는 언어이다. 이러한 언어의 속성은 '눈사람 유령'의 존재론에 닿아 있다. 눈사람은 "분명하고 단단할수록 거짓이라고" 말하는 존재, "아무것도 남기지 않고" "사나흘 세상에 머물다 슬그머니 떠나는" 존재이다. 온몸의 존재 형식이 그 자체로 '없음'을 증명하고 '사라짐'을 현현하는 것이다. 시인은 존재가 지워지는 그 찰나에 잠깐 드러나는 형상에서 "어디에도 없는 내일의 표정"을 본다. 그것은 기존의 단단한 언어, 일상의 고정된 몸, 선명한 것을 좇는 눈으로는 포착할 수 없는 것이다. 그러니까 홍일표의 시는 허공을 양식으로 삼아 "사람 이후의 사람" "사람 이전의 사람"으로 거듭나는 존재론적 변신을 통해서야 도달할 수 있는 언어를 꿈꾸고 있는 것이다.

이러한 존재론적 변신은 보는 것을 멈추고 소리에 집중하는 것에서 시작된다. 시인이 일상적인 시각적 인식을 멈추고 보이지 않는 존재들의 기척을 감지하기 위해 동원하는 시적 장치가 바로 안개이다. 이번 시집에서는 안개 이외에도 구름, 강물, 빗방울, 눈, 바람, 허공 등이 시의 주된 분위기를 형성하고 있다. 이것들은 모두 모였다 흩어지고 있다가도 사라지며 끊임없이 몸을 바꾸는 순간적인 것, 정해진 색채나 형상이 없이 떠도는 흰색 또는 텅 빈 색의 유동적인 것이다. 눈을 감고 몸을 허공으로 흩트린 채 순간적이고 유동적인 존재들의 소리를 따라가면 어디에 이를 것인가.

멀리 안개 뒤에서 개가 컹컹 짖는다
개는 보이지 않고
귀만 점점 커진다

소리를 만진다
몸으로 만지는 소리에는 거친 거스러미가 있다
울퉁불퉁한 흉터도 있다

눈앞에 없는 개가 점점 자란다
하느님만큼 커진다

컹컹 짖을 때마다 허공이 조금씩 찢어진다
틈새로 얼핏 보일 듯도 한데
보이지 않는다
개는 죽어서 돌아오지 않는
열일곱 살 봄날 같다

강가에 서 있던 내가 지워진다
안개 저편에서 누가 내 목소리로 부르는 것 같다
그가 나를 살고 있는 것 같다

그가 꾸고 있는 기나긴 꿈의 한 모퉁이
잠시 피었다 지는 개망초 근처에 내 발자국이 있다

저만치서 낡은 신발 한 짝 물고 흰 강아지가 오고 있다
안개가 숨어서 몰래 낳은 아이 같다

—「발신」

이 시의 화자는 보이지는 않고 소리만 들리는 세계로
입사한다. 안개 덕분에 시야가 사라지면 "소리를 만진다"
라는 새로운 감각적 경험이 가능해진다. 화자는 개 짖는
소리가 지닌 "거친 거스러미"와 "울퉁불퉁한 흉터"를 촉진
할 수 있고 "눈앞에 없는 개"가 점점 자라 커지는 것을 경
험하게 된다. 감각이 전환되면서 이제 화자의 몸도 변신을
시작한다. "강가에 서 있던" 현실의 나는 지워지고 "안개
저편에서 누가 내 목소리로" 나를 부른다. 안개 저편에는
"나를 살고 있는 것 같"은 누군가가 있고 그의 꿈속에는
"내 발자국"이 남아 있다. 안개 속 현실의 세계와 안개 저
편 비현실의 세계가 시간을 건너고 존재를 가로질러 소리
로 연결되고 있는 것이다. 그렇다면 "안개가 숨어서 몰래
낳은 아이"는 이 비밀스럽고도 놀라운 교신의 결과물이라
할 수 있다. 시의 제목을 빌려 말하자면 안개 저편으로 몸
을 보내자[發身] 닿을 수 없는 그곳에서 보내온 소식(發信)
인 것이다. 스스로를 지우는 안개처럼 "점점 사라지는 몸"
"조금 전의 입이 없"(「기일」)는 몸으로 존재를 전환한 후에
야 '공중에 묻혀 있는 무수한 입'(「심우장을 지나다」)의 독
백, "없는 것으로 존재하는"(「유리 부족」) 허공의 말, "흰 노

트에 기록한 안개의 문장들"(「외경」)을 얻을 수 있다.

그런데 이러한 존재의 전환은 관념적인 것이 아니다. "안개를 읽다가 죽은 이의 손을 잡는"(「겹겹」) 것은 구체적이고 생생한 죽음 체험 때문이다. 시인은 발길이 닿는 곳곳에서 죽음을 목격한다. 새해 첫날 을지로입구역 지하도에서 생을 마감한 노숙자(「무명씨」), 부고도 없이 떠난 혼자 살던 친구(「슬그머니」), 돈암동 반지하 단칸방에서 죽은 늙은 화가(「서쪽의 이력」). 이뿐만이 아니다. 그는 "죽은 이들과 통성명하며"(「땅끝」) "삶도 죽음도 아닌 것들"(「낮달」)의 수런거리는 소리를 듣는다. 땅끝마을에 가면 "비를 맞고 서 있는 고정희"(「땅끝」)가 보이고, 검은 강물에는 "오래전에 죽은 사내"가 "자기가 죽은 줄도 모르고"(「검은 강」) 흘러가고 있고, 길음동 언덕을 오르면 김종삼이 내려오면서 "죽을 수 없어서/ 아니 너무 많이 죽어서/ 여기 있다고"(「지상의 극장」) 말한다. 그뿐인가. 낯선 땅에서 만난 누군가를 못 알아볼 때 "오래전 죽은 내가/ 무덤에서 나와 젖은 몸을 말리며 걸어 다니는 것 같"(「모르는 사람」)다. 그러니까 시인은 삶의 구석구석에 포개진 죽음의 일상성을 통해 생의 바깥을 엿보고 있는 것이다.

「저녁이 오나 봐」에서 병실의 화자는 "내가 나를 비운 사이/ 몸속을 들락거린 빛"이 "마취에서 깨어난 나를 몰라보"는 상황을 겪으며 "몸 밖에 나가 있던 내가 나를 증명할 길이 없다"는 것을 깨닫는다. 그렇다면 우리는 "몸을 벗

고 서걱거리는 허공의 껍질"처럼 한순간의 생을 벗고 또
다른 순간의 생으로 옮겨 가는, 다른 몸속으로 "하나이며
여럿인/ 내 안의 당신"(「재구성하는 너」)을 펼치는 미지칭
의 유령들인지도 모른다.

　　너머에 숨은 얼굴이 있다
　　이름도 없고
　　기호도 없는
　　그를 뭐라고 불러야 하나?

　　이곳의 표정을 지운다
　　이곳의 표지판을 삭제한다

　　컵은 물을 기억하지 않고
　　물은 컵의 형태를 고집하지 않는다

　　잠시 지상에 어른거리다 사라지는 물안개를 따라간다
　　바깥의 바깥까지 가면
　　컵이 없다
　　바위도 없다

　　어제의 결심이 있던 자리에 드라이아이스가 있다
　　마이크가 있던 자리에 파꽃이 흔들리고 있다

결정되지 않고

텅 비어 있던 나는

잠시 무정형의 리듬이 된다

바깥에서 무한으로 출렁이는 노래가 된다

외진 구석에서

밀정처럼 숨은 얼굴이 나타난다

어디선가 새로 태어난 봄을 호명하는 소리가 들렸다

——「미지칭」

　　"이름도 없고/ 기호도 없는" "숨은 얼굴"은 뭐라고 불러
야 할지 알 수 없는, 아니 지상의 어떤 이름으로도 부를
수 없는 미지의 무엇이다. 그것은 "잘 보여서 더 컴컴해진
날들"(「검은 개」)을 지나 "아무것도 보이지 않고 소리만 살
아"(「땅끝」) 있는 날들에 이르러서야 "외진 구석에서" 어렵
게 찾아낸 얼굴이다. 화자는 "이곳의 표정"과 "이곳의 표지
판"을 지우고 비어 있는 자리로 도래할 새로운 표정과 새
로운 표지판을 기다린다. 존재와 형식은 물과 컵의 관계처
럼 서로 영원히 고정된 것이 아니라 그때그때 붙었다 떨어
지며 부유하는 것이다. 미지칭의 상태는 사물과 기호, 존
재와 이름이 아직 어떠한 관계로도 결정되지 않은 채 무
한한 잠재성으로 흘러다니는 상태이다. 이는 하나의 지칭

관계로 결정된 이곳을 벗어나 바깥으로, 다시 "바깥의 바깥"으로 몸을 보내는 일, 그리하여 잠시 텅 비어 있는 상태로 "무정형의 리듬" "무한으로 출렁이는 노래"가 되는 일이다. 이것이 미지칭의 얼굴을 호명하는 언어, 자신을 지우고 비운 끝에 얻은 시의 언어인 것이다.

시인은 세계의 단단한 연결 고리가 느슨하게 풀어지는 안개 속으로 걸어 들어가 "새로 태어난 봄을 호명하는 소리"에 귀를 기울인다. 그리고 거기에 섣불리 이름을 붙이는 대신 미지칭의 상태 그 자체를 언어화한다. 이번 시집의 곳곳에서 반복적으로 들려오는 소리를 눈치챘다면 당신은 시인의 세계로 호출당한 것이다. "자욱한 안개 너머에서 누군가 걸어오는 소리가 들"(「땅끝」)릴 때, 저만치 "거무스레한 형체가 보였다 사라"(「겹겹」)질 때, "어디서 많이 본 듯한 흑백의 초상이 어른거"(「서쪽의 이력」)릴 때, "보이지 않던 것이/ 왜 보이나"(「화석」) 싶을 때 어김없이 등장하는 말이 있다. '누구니?' '누구세요?' '여보세요?' 잘 모르는 사람이나 막연한 사람을 가리키는 '누구'나 '여보'는 말 그대로 미지칭 대명사라 할 수 있다. 시인이 바깥의 존재를 감지할 때마다 던지는 이 물음은 "언어 밖으로 사라진 표정들"(「여행」), "허공에 떠다니는 자욱한 목숨의 무늬들"(「도서관」) "곳곳에 흩어져 혼잣말처럼 지워지는 것들"(「파편들」)을 미래의 문장으로 당도하게 하는 예언이다.

부서진 것들은 서로 이름도 신분도 모르지만
어느 한 모퉁이에서 튕겨 나온 것들
높은 담벼락을, 우뚝 선 동상을, 황금빛 첨탑을
조금씩 덮을 거라고 말한다
조금씩 무너뜨릴 거라고 말한다

산에서 설해목 꺾어지는 소리가 들리고
공장 뒷산에 잘린 팔의 따뜻한 무덤이 생길 거라고 한다
예언도 미래도
찌그러진 캔처럼 웃고 있지만
언제나 그렇듯
믿지 않지만
머잖아 첫눈이 내릴 거라고 한다

— 「예언자」에서

"맹수가 들끓는 태양 제국의 칙령과 법제를 버리고" "잘린 팔이 퍼덕거리는 공장 바닥"으로 눈이 올 거라고 한다. 만만치 않은 현실과 망명의 불가능성을 뚫고 "하늘 밖을 오래 떠돌던 눈송이가 망명한다"는 것이다. 우리는 이 눈송이가 곧 당도할 미래의 시라는 것을, 세계의 조각난 파편들과 부서진 존재들을 그러모아 권력과 자본으로 포위된 세상을 "조금씩 덮"고 "조금씩 무너뜨릴" 미래의 뜨거운 심장이라는 것을 안다. 시가 이런 일을 할 수 있다는

것을 좀처럼 믿지 않지만, 그래서 "예언도 미래도/ 찌그러진 캔처럼 웃고 있지만" 겨울이 돌아오는 것이 당연한 것처럼 "머잖아 첫눈이 내릴" 것이다. 예언의 비장함과 미래의 불투명성이 충돌하는 긴장감 속에서 이 시의 아름다운 리듬을 따라 마지막 문장에 도착하면 이미 예언이 이루어졌다는 것을 알게 된다. "머잖아 첫눈이 내릴 거라고 한다"는 중심 문장과 '~ 거라고 한다'는 문장구조의 리드미컬한 반복이 조금씩 시의 행간에 눈송이를 떨어뜨려 조용히 예언을 실현했기 때문이다. "머잖아 첫눈이 내릴 거라고 한다"는 문장을 첫 번째, 두 번째, 세 번째 읽을 때 한 송이 두 송이 세 송이 눈이 쌓여 이제껏 없던 백색의 세계가 펼쳐진 것을 보게 된다. 이것이 허공의 마음과 안개의 리듬을 따라 백지에 흰 글씨로 써 내려간 시, "매일 태어나 매일 죽는 아침을 조문하면서" "보이지 않는 얼굴들"(「기일」)을 필사한 홍일표의 시이다.

이번 시집을 다 읽고 나면 조용히 눈을 감아 볼 일이다. 어둠 속에서 들려오는 소리가 있다면 그것은 "조금 전의 심장"(「외전」), 환하게 반짝이는 바깥으로 한 걸음 건너온 당신의 두근거림일 것이다.

지은이 **홍일표**

1992년《경향신문》신춘문예에 당선되며 작품 활동을 시작했다.
시집『매혹의 지도』『밀서』『나는 노래를 가지러 왔다』『중세를
적다』, 청소년 시집『우리는 어땠지?』, 평설집『홀림의 풍경들』,
산문집『사물어 사전』등이 있다.

조금 전의 심장

1판 1쇄 찍음 2023년 3월 31일
1판 1쇄 펴냄 2023년 4월 14일

지은이 홍일표
발행인 박근섭, 박상준
펴낸곳 (주)민음사

출판등록 1966. 5. 19. (제16-490호)
서울특별시 강남구 도산대로1길 62(신사동)
강남출판문화센터 5층 (06027)
대표전화 02-515-2000 / 팩시밀리 02-515-2007
www.minumsa.com

ISBN 978-89-374-0932-5 04810
     978-89-374-0802-1 (세트)

* 잘못 만들어진 책은 구입처에서 교환해 드립니다.

민음의 시
목록